Las aventuras de Ulises

Las aventuras

BLUME

Nausícaa

Isla de Eolo

Cíclope

Isla encantada de Circe

Isla de las sirenas

ITALIA

SICILIA

Escila y Caribdis

Comedores de lotos

Isla de Calipso

Ganado de Hiperión

de Ulises

NEIL PHILIP

PETER MALONE

Destrucción de Troya

GRECIA

Ítaca

TURQUÍA

CRETA

Para Michael y Elizabeth Barrott
N. P.

Para L. J. M.
P. M.

BLUME

Título original:
The Adventures of Odysseus

Traducción:
Berta Juliá Brugués

Coordinación de la edición en lengua española:
Cristina Rodríguez Fischer

Primera edición en lengua española 2003

© 2003 Art Blume, S. L.
Av. Mare de Déu de Lorda, 20
08034 Barcelona
Tel. 93 205 40 00 Fax 93 205 14 41
E-mail: info@blume.net
© 1996 del texto Neil Philip
© 1996 de las ilustraciones Peter Malone
© 1996 Orion Publishing Group, Londres

I.S.B.N.: 84-95939-70-3
Depósito legal: B. 40.344-2003
Impreso en Edigraf, S. A., Montmeló (Barcelona)

Contenido

ATENEA
Diosa de la sabiduría y de la guerra, hija de Zeus

ZEUS
Jefe de los dioses

POSEIDÓN
Dios del mar, hermano de Zeus

EOLO
Dios de los vientos

HERMES
Mensajero de los dioses

HIPERIÓN
Dios sol

CIRCE
Diosa hechicera

y

CALIPSO
Diosa del silencio

POLIFEMO
Cíclope, hijo de Poseidón

Mortales

ULISES
Hijo de Laertes, rey de Ítaca

PENÉLOPE
Esposa de Ulises

TELÉMACO
Hijo de Ulises

MENELAO
*Rey de Esparta, esposo
de Helena*

HELENA
*Hija de Zeus, esposa de
Menelao; su rapto por Paris
causó la guerra   de Troya*

AGAMENÓN
*Jefe de los griegos en la guerra
de Troya*

NAUSÍCAA
Hija de Alcínoo

ALCÍNOO
Rey de los feacios

EUMEO
Fiel porquero de Ulises

Los comedores de lotos

El fuego destruía la ciudad de Troya.

Ulises miró hacia atrás y se echó a reír.

Los griegos habían asediado la ciudad durante diez largos y amargos años. Y ahora, finalmente, se cumplía su misión. Las murallas de Troya, construidas por el dios Poseidón en persona, se estaban derrumbando. Paris, príncipe de Troya, que había osado robarle la hermosa Helena al rey Menelao, había muerto. Ahora ya podían regresar a su tierra

Quizás la patria de Ulises no era gran cosa. Ítaca era una isla desnuda y pobre, situada lejos, hacia el oeste, hacia donde se pone el sol. Pero todos los hombres aman el lugar en que han nacido y ninguno era más querido por Ulises que Ítaca. Durante todos aquellos años que había estado peleando en Troya, su único anhelo era regresar a casa.

Ítaca era quizás una tierra seca y árida, pero producía excelentes hijos. Ulises tenía uno, Telémaco. Pensaba a menudo en él y en su esposa, Penélope, y deseaba volver a estar junto a ellos.

En realidad, nunca hubiera querido irse y dejarlos. ¿Qué le importaba a él que Paris se hubiera encaprichado de Helena, la esposa de Menelao? Cuando el hermano de éste, Agamenón, que dirigía el ejército griego contra Troya, fue a buscarle Ítaca para que se sumara a su expedición, Ulises se hizo el loco. Unció un caballo y un toro, y se lanzó a arar la playa y a sembrarla de sal. Pero pusieron a su hijo Telémaco en su camino y Ulises se desvió para no dañarlo. Así se dieron cuenta de que no estaba loco.

—Ulises, tienes que ayudarnos —dijo Agamenón—. Tu astucia puede sernos de gran utilidad si nos fallan las fuerzas.

Y, en efecto, hizo falta mucha astucia, porque las fuerzas y el valor de ambos bandos estaban muy equilibrados. En realidad, había sido idea de Ulises engañar a los troyanos para que abrieran las puertas de las murallas y dejaran entrar a los soldados griegos escondidos dentro de un caballo de madera. Troya fue pasada a sangre y fuego.

Ulises era el jefe griego más ansioso de regresar a casa. Reunió a sus hombres y se hicieron a la mar cuando las llamas del fuego aún teñían de rojo el cielo de Troya.

Pero desde un buen principio, la suerte les abandonó. El gran Zeus, que controla los rayos y los truenos, les envió tales tormentas que sus barcos subían y bajaban por las olas como si fueran caballos desbocados. La lluvia borró todos los colores, de modo que no podían distinguir el cielo del mar, y el viento hizo jirones las velas. Lo único que podían hacer era dirigirse a tierra firme.

Agotados y desesperados, pasaron dos días y dos noches esperando a que amainara la tempestad. Al tercer día, volvieron a zarpar, pero fueron atrapados por fuertes corrientes que los desviaron de su ruta. Los constantes vientos y las olas los arrastraron en dirección sur durante diez días enteros, hasta que finalmente tocaron tierra.

Bajaron del barco y no tardaron mucho en encontrar agua dulce. Ulises envió a un grupo de hombres tierra adentro para que averiguaran quién vivía en este remoto y caluroso país.

Ninguno de ellos regresó.

Finalmente, Ulises partió en su búsqueda. Encontró a uno de ellos tumbado en el suelo y canturreando. Ulises reconoció la melodía; se trataba de una conocida y vieja canción de cuna que las madres tatareaban a sus hijos en Ítaca.

El hombre no reconoció a Ulises y le tendió una fruta.

—Toma, pruébala —le dijo. Su voz era apenas un murmullo y el jugo de la fruta goteaba de su barbilla.

Ulises le dio un bofetón para hacerle reaccionar. Poco a poco, el hombre pudo contar la historia. Se trataba de la tierra de los lotófagos, los comedores de lotos, así llamados porque su único alimento eran los melosos frutos del loto. Los habitantes del lugar habían ofrecido este manjar a los hombres de Ulises. Cualquiera que lo probara, aunque fuera una sola vez, únicamente vivía para volver a comerlo.

Ulises intentó que el hombre entrara en razón.

—¿No quieres volver a casa? —le preguntó.

—Ya estoy en casa —contestó con la boca llena de fruta, mientras volvía a adormilarse. Nada pudo hacer Ulises para sacarle del sopor del sueño.

Entonces regresó al barco y reunió a un grupo de hombres, a los que advirtió de que no comieran la flor del loto. Lograron recuperar a la fuerza a todos sus compañeros, que tenían los ojos en blanco y sonreían. Los ataron y zarparon a toda prisa de esta tierra donde los hombres son atrapados por la flor del loto y transportados a la niñez.

Mientras los remos volvían a sumergirse en las aguas saladas, intentaban no escuchar el llanto de los hombres que habían comido el fruto del loto.

En la cueva del cíclope

Ulises y sus hombres, tristes y fatigados, siguieron remando hasta llegar al país de los cíclopes. Estos gigantescos y feroces seres tenían un solo ojo en medio de la frente. No trabajaban, ya que confiaban en la buena voluntad de Zeus. Aunque ni araban ni sembraran los campos, las cosechas crecían igualmente. Vivían en cuevas situadas en las cumbres montañosas y cada uno de ellos dictaba sus propias leyes.

La tripulación atracó las naves en una hermosa playa, cerca de un manantial de agua dulce y de un bosquecillo de chopos. Mataron algunas cabras, comieron y bebieron, y se echaron a dormir en ese delicioso lugar.

Al romper el día, Ulises escogió a doce de sus hombres y fue a explorar la isla. Escalaron una cumbre hasta que llegaron frente a una cueva, delante de la cual había un corral de madera y piedras. Sin duda era la vivienda de un pastor, ya que los establos estaban llenos de cabras y ovejas, y había numerosos canastos repletos de quesos.

—Cojamos todos los quesos que podamos, llevemos el ganado a las naves y zarpemos antes de que regrese el pastor —dijo Polites, el más fiel compañero de Ulises—. Por lo que parece, se trata de un gigante.

Pero Ulises respondió:

—No, esperemos y démosle la bienvenida cuando regrese de pastorear su ganado. Quizás sea el amo de estas tierras, y si sabe cuáles son las obligaciones de un anfitrión hacia sus huéspedes, nos colmara de regalos.

Así pues, se instalaron en la cueva del cíclope como si fuera su casa. Encendieron fuego, mataron una oveja y, tras ofrecer a los dioses la parte que les correspondía, comieron. Finalmente, oyeron las ruidosas pisadas del cíclope, que se llamaba Polifemo. De lejos, parecía más una enorme montaña que un ser de carne y hueso. Les dio tanto miedo que se escondieron en un oscuro rincón de la cueva con la intención de huir en cuanto pudieran.

Pero cuando Polifemo llegó a su casa con el ganado y una pesada carga de leña para encender fuego, cerró la entrada con una enorme piedra, tan grande que no hubieran podido moverla veinticuatro carros de cuatro ruedas. Luego se puso a ordeñar sus ovejas y cabras. Sin embargo, algo distrajo a Polifemo de su tarea: un extraño olor. Empezó a olfatear a su alrededor y a inspeccionar la cueva. Pronto descubrió a Ulises y a sus hombres agazapados en un rincón.

—¿Quiénes sois y de dónde venís, forasteros? —rugió.

—Somos griegos y venimos de la guerra de Troya —dijo Ulises—. Te rogamos que nos des la hospitalidad debida a los huéspedes que llegan suplicando, de la misma forma que tú respetas a los dioses. El propio Zeus cuida de los viajeros.

—Y yo me cuido solo —contestó Polifemo—. Los cíclopes no tememos a los dioses, porque somos tan fuertes como ellos. Pero quizás os salve la vida. Decidme, ¿cómo habéis llegado hasta aquí? ¿Acaso mi padre Poseidón os dejó surcar tranquilamente los mares? ¿Atracasteis vuestra nave cerca de aquí?

Ulises pensó que si le decía la verdad, el gigante destruiría los barcos y mataría a su tripulación. Así que le respondió:

—El gran Poseidón estrelló nuestro barco contra las rocas y se hundió. Mis compañeros y yo somos los únicos supervivientes.

Polifemo no hizo más preguntas. Se acercó al aterrorizado grupo, agarró a dos hombres y, balanceándolos por los tobillos, estrelló sus cabezas contra la pared. Luego descuartizó sus miembros uno a uno y se los comió crudos, como si fuera un animal voraz. Los demás observaban la escena horrorizados y consternados. Polifemo acompañó su comida con leche, y luego se echó a dormir.

Mientras el cíclope roncaba, Elpenor, el más joven del grupo, le pidió a Ulises que acabara con él.

—Clávale tu espada entre las costillas, aquí, en este punto. Seguro que morirá.

—También moriremos nosotros —le respondió Ulises—. ¿Cómo escaparíamos? Sólo el cíclope tiene fuerza suficiente para mover la roca que cierra la entrada de la cueva. No, vamos a esperar y ver qué nos depara el nuevo día.

Al amanecer, Polifemo se levantó y se preparó el desayuno con otros dos compañeros de Ulises. Luego reunió sus rebaños y se los llevó a pacer, tras lo que volvió a cerrar la cueva con la enorme piedra. Ulises y los ocho hombres restantes se quedaron encerrados allí, temblando de miedo, esperando que cayera la noche y regresara el cíclope.

Finalmente, Ulises habló a sus hombres:

—Es muy posible que el cíclope nos devore a todos, y que sólo podamos elegir entre una muerte rápida o lenta. Pero también podemos intentar engañarle. Me traje el odre lleno de vino que me regaló un sacerdote de Apolo. Este vino es tan potente que podría mezclarse con veinte partes de agua. Esta noche se lo ofreceré al cíclope y si lo bebe, caerá en un profundo y pesado sueño. Entonces podremos actuar.

Polifemo había dejado un gran tronco de olivo en el suelo de la cueva, tan grande como el mástil de un barco. Ulises cortó un trozo y afiló uno de sus extremos con su espada. Luego, él y sus hombres lo pusieron sobre las brasas del fuego para endurecerlo; por último, lo escondieron en un recóndito rincón de la caverna.

Al anochecer, Polifemo regresó con sus rebaños y cerró la puerta de entrada.

Una vez más, el cíclope comió carne humana y luego se dispuso a beber leche. Entonces, se le acercó Ulises y le dijo:

—¡Cíclope! Has hecho que mis compañeros bebieran el negro vino de la muerte. Ya que disfrutas comiendo carne humana, deberías acompañarla con una bebida adecuada. Traje un odre lleno de buen vino para ofrecértelo como regalo. Deja que te sirva un cuenco.

El cíclope apuró el cuenco de un solo trago, y, restregando sus gruesos labios, dijo:

—Dime cómo te llamas, hombrecito. Voy a hacerte un regalo como recompensa por este vino. Y sírveme más.

Tres veces volvió Ulises a llenarle el cuenco, y tres veces apuró el cíclope hasta la última gota. Finalmente, los vapores del vino empezaron a nublar su cabeza. Y entonces Ulises le dijo:

—Me has preguntado cuál era mi nombre y voy a decírtelo. Me llamo Nadie.

—Bueno, Nadie, te comeré el último. Éste es el regalo que te hago —respondió Polifemo.

Al fin, le venció el sueño y cayó de espaldas al suelo, con su enorme cabeza girada hacia un lado. Ya profundamente dormido, eructó y despidió por sus horribles fauces una bocanada de vino y carne humana.

Ulises y sus hombres cogieron el tronco de olivo que había preparado y lo pusieron sobre el fuego hasta que estuvo al rojo vivo. Tras pedir a los dioses que les dieran valor, cuatro hombres agarraron la estaca y la hundieron en el único ojo del cíclope. Ulises, colocado en el extremo de arriba, la hacía girar de un lado a otro dentro del ojo, que borbotaba sangre y silbaba como cuando se sumerge en agua fría un pedazo de hierro candente.

Polifemo se despertó soltando un alarido de dolor, se arrancó la estaca de la frente y la arrojó lejos de sí. Pero Ulises y los suyos pudieron esconderse fácilmente del gigante ciego.

Los gritos de Polifemo resonaron por las montañas y despertaron a los otros cíclopes, que se hallaban en sus grutas. Todos acudieron en su ayuda. Cuando llegaron a la puerta de su cueva, le preguntaron:

—¿Qué te sucede? ¿Quién te está atacando?

Se quedaron atónitos al oír su respuesta, pues cada vez que le preguntaban quién le estaba atacando, Polifemo contestaba:

—¡Nadie!

—Si nadie te ataca, no podemos hacer nada por ti. Pídele ayuda a tu padre Poseidón.

Y los cíclopes se marcharon.

Polifemo fue a tientas por su cueva intentando atrapar a Ulises y a sus compañeros, pero no lograba cogerles. Así que apartó la gran piedra de la entrada y se sentó delante del umbral de la puerta, extendiendo las manos para agarrar a cualquiera que intentara escaparse.

Cuando amaneció, las ovejas empezaron a salir de la cueva como solían hacer todos los días, y Polifemo las iba tocando una a una a medida que pasaban por la puerta. Pero el ingenioso Ulises las amarró en grupos de tres, de forma que un hombre podía agarrarse a la panza de la que estaba en el centro y salir sin ser detectado. Así lograron escapar sus seis compañeros.

Cuando le tocó el turno a Ulises, sólo quedaba un carnero, un animal grande y fuerte, el mejor del rebaño. Ulises se agarró fuertemente de las espesas lanas que colgaban del vientre del animal, que se dirigió hacia la puerta donde se encontraba el gigante.

Al llegar junto a él, Polifemo exclamó:

—¡Ah, eres tú, mi querido carnero! Normalmente eres el más decidido de todos, el primero en salir de la cueva. Hoy te has rezagado, triste por lo que le ha pasado a tu amo. Pero te prometo que Nadie nunca logrará escapar de aquí. Ahora, vete y reúnete con los demás.

Y así dejó marchar al carnero.

Una vez lejos de la cueva, Ulises y sus hombres condujeron el rebaño hacia los barcos y se apresuraron a zarpar, pues sabían que los cíclopes no construían barcos y no podrían seguirles a través de las aguas saladas.

Cuando se hallaban a un grito de distancia de la costa, Ulises clamó:

—¡Cíclope! ¿Puedes oírme? ¡Soy yo, Nadie! Te has burlado de Zeus y de la hospitalidad debida a los huéspedes. Ahora vas a sufrir por tu malvado comportamiento.

Al oír estas palabras, el gigante se enfureció de tal modo que agarró la enorme piedra de la entrada de su cueva y la arrojó al barco. Cayó al mar con tanta fuerza que las olas que levantó devolvieron el barco a la costa.

Los marinos se pusieron a remar frenéticamente para volver a adentrarse en el mar, mientras Elpenor suplicaba a Ulises que no volviera a enfurecer al cíclope.

—La próxima vez tendrá mejor puntería —le dijo.

Pero Ulises era demasiado orgulloso para callarse.

—¡Cíclope! Si alguien te pregunta alguna vez quién provocó tu ceguera, respóndele que fue Ulises, príncipe de Ítaca. Fui yo quien derribó las murallas de Troya, pese a que habían sido construidas por el mismo Poseidón, y fui yo quien te engañó.

Polifemo lanzó un terrible alarido.

—Estaba previsto que así sucediera. Un adivino me dijo que Ulises me cegaría con sus propias manos. Pero pensé que Ulises sería un gran héroe, un ser corpulento y valiente, y no un débil hombrecillo como tú.

Luego extendió sus brazos hacia el mar clamando:

–¡Oh, gran Poseidón, el que agita la tierra, señor de las olas, escúchame! Soy hijo tuyo y tú eres mi padre. Te ruego que hagas que Ulises no regrese nunca a su casa, y si lo hace, que sea solo, sin sus compañeros, y que encuentre un hogar lleno de males y tristeza.

Éste fue su ruego, y Poseidón lo escuchó.

Seguidamente, Polifemo lanzó otra gran piedra, que fue a parar a poca distancia del barco. Las olas que levantó enviaron a Ulises y a sus hombres mar adentro, hacia donde se hallaban el resto de las naves. Allí, Ulises sacrificó el carnero en el que había escapado de la cueva y se lo ofreció a Zeus para que le prestara su ayuda. Pero Zeus no hizo nada para aplacar las iras de su hermano Poseidón.

La diosa hechicera

A continuación, Ulises y sus naves llegaron a isla en la que habitaba Eolo, el responsable de los vientos. Esta isla flota en la superficie del mar y está rodeada por un muro de bronce. Eolo vive aquí con su esposa y doce hijos: seis chicos y seis chicas, que están casados entre sí y pasan todo el tiempo en banquetes y fiestas.

Eolo acogió a Ulises y a sus compañeros durante todo un mes y les preguntó todo tipo de detalles sobre la caída de Troya. Finalmente, Ulises le pidió ayuda para poder regresar a casa.

–Sin tu protección, nunca volveremos a ver Ítaca, pues los dioses están contra nosotros –le dijo.

Eolo le entregó un odre fabricado con una piel de buey y atado con una cuerda de plata. En su interior estaban todos los vientos para que Ulises pudiera usarlos según sus necesidades; sólo dejó fuera el viento de oeste para que le ayudara a regresar a casa.

Al principio, todo fue bien. Después de nueve días y nueve noches, divisaron las costas de Ítaca. Ulises, que había permanecido de guardia todo este tiempo, se quedó dormido, seguro de que el largo viaje tocaba casi a su fin. Sus hombres empezaron a murmurar y a cuchichear entre sí.

—Regresa a casa con muchas riquezas —dijo uno de ellos.

—¡Claro! —dijo otro—. Trae el barco lleno del botín de Troya, y nosotros no tenemos nada.

—Y, además, tiene ese odre que le ha regalado Eolo lleno de plata y oro —añadió un tercero.

—Abrámoslo —sugirió el primero.

Los insensatos y codiciosos hombres desataron el hilo de plata que cerraba el odre de cuero y dejaron escapar los vientos.

Y se levantó una terrible tempestad que zarandeó las naves con una furia despiadada. Naufragaron una tras otra. Se hundieron hasta el fondo del mar y las olas se cerraron sobre ellas.

Sólo se salvó el barco de Ulises. Los indomables vientos llevaron su nave de regreso a la isla de Eolo, quien le recibió sorprendido.

—¿Por qué has regresado? —le preguntó—. ¿Acaso no te di el mando de los vientos para que regresaras sano y salvo a tu patria?

—Sí, lo hiciste —le contestó Ulises—, pero mis compañeros me traicionaron. Abrieron el odre de cuero y dejaron escapar los vientos. Te ruego que vuelvas a apresarlos para que pueda regresar a mi isla.

—Los dioses están contra ti —repuso Eolo— y no puedo volver a ayudarte. ¡Vete!

Angustiado, Ulises regresó una vez más a las aguas saladas. Pero ningún viento favorable hinchó las velas de su embarcación y sus hombres tuvieron que remar con todas sus fuerzas contra los vientos y las olas. Durante todo este tiempo, Poseidón les estaba esperando, cualquiera que fuera el rumbo que tomaran.

Finalmente, Ulises y sus hombres tocaron tierra en la isla de Eea, donde habitaba Circe, la diosa hechicera.

Después de atracar la nave, Ulises trepó por una cercana colina para ver qué se divisaba. Mientras estaba observando la isla, se cruzó en su camino un ciervo que iba a beber al río. Ulises le arrojó la lanza y lo mató.

—Compañeros —gritó—, la suerte vuelve a estar con nosotros. Venid y preparemos un festín. Mañana exploraremos la isla.

Al día siguiente, Ulises dividió a sus hombres en dos grupos. Se puso al frente del primero y encargó el mando del segundo a Euríloco, su primo. Echaron a suertes quién saldría primero, y le tocó a Euríloco. Así que éste se puso en marcha hacia el interior de la isla con veintidós hombres,

Al poco tiempo dieron con el palacio de Circe. Se levantaba en medio del claro del bosque y estaba construido con piedras. Por sus alrededores vagaban animales salvajes, tales como leones y lobos, pero el poder de Circe era tan grande que los había hechizado para que no atacaran a las personas y jugaran con ellas como si fueran perros.

Cuando el grupo de hombres llegó a las puertas del palacio, oyeron a Circe que cantaba dentro con hermosa voz, mientras trabajaba en su telar tejiendo las deslumbrantes labores propias de las diosas.

Entonces habló Polites:

—En la mansión hay una mujer que canta mientras teje y el eco de su voz resuena por toda la casa. Vamos, entremos.

Y entraron sin temor alguno. Sólo Euríloco se quedó fuera, muy inquieto.

La diosa les dio la bienvenida y les sirvió vino y manjares que había mezclado con brebajes maléficos para que se olvidaran de su patria y de sus seres queridos, y sólo desearan servir a Circe, la diosa hechicera. A continuación, tocó a cada uno de ellos con su varita y enseguida se les puso la voz, los pelos y la figura de cerdos. Su mente siguió siendo la de hombres, pero cuando intentaban gritar pidiendo auxilio, de sus gargantas sólo salían gruñidos.

Euríloco, que lo había visto todo, regresó corriendo a la nave para informar de las terribles noticias. Los hombres querían zarpar cuanto antes, abandonando a Polites y a sus compañeros, pero Ulises no les dejó marcharse.

En su camino hacia el palacio de Circe, Ulises se encontró con Hermes, el dios mensajero, que lleva una varita de oro en la mano y doradas sandalias aladas en los pies. Su aspecto era el de un joven adolescente, con un poco de suave pelusa en el labio superior. Sin embargo, Ulises se inclinó ante él, pues sabía que se hallaba en presencia de un dios.

–Hombre desdichado –le dijo Hermes–. Nunca podrás rescatar a tus compañeros del hechizo de Circe. Pero, espera un momento. Aquí crece una planta que te mantendrá a salvo de sus pócimas de bruja. Se llama *moly* y mientras la lleves contigo, nada malo te pasará.

–Circe intentará darte una poción. Cuando vaya a tocarte con su varita, debes sacar tu espada como si fueras a atacarla. Luego te rogará que seas su amante y no debes rechazarla, pues se trata de una diosa. Pero primero hazle jurar que no te hará daño alguno; de lo contrario, podría privarte de tu valor y de tu fuerza cuando te hayas desnudado y estés en su cama.

Hermes se marchó y Ulises prosiguió su camino hacia el palacio de Circe. Cuando llegó a la puerta, se echó a gritar para que le dejaran entrar. Circe le dio la bienvenida, le hizo sentar en un sillón y le ofreció una copa de oro en la que había preparado su pócima mágica.

Cuando la hubo bebido, le tocó con su varita y le dijo:

—Ahora vete a la pocilga y túmbate con tus compañeros.

Pero seguía siendo un hombre y, tras sacar su espada, la levantó en alto como si quisiera matarla. Circe se puso de rodillas y en un tono implorante le dijo:

—¿Quién eres? ¿Cómo puedes resistir mi magia? Sólo un hombre puede ser tan fuerte: Ulises. Si lo eres, envaina tu espada y ven conmigo a la cama. Así aprenderemos a confiar el uno en el otro.

Ulises le respondió:

—¿Cómo voy a fiarme de ti si has convertido a mis compañeros en cerdos? Júrame que los vas a soltar y que no me harás daño, e iré gustosamente a la cama contigo.

La diosa cumplió su promesa, abrió la puerta de la pocilga y Polites y sus compañeros salieron trotando con el aspecto de cerdos ya crecidos. Circe los untó con un ungüento y se les cayó el pelambre, sus hocicos se encogieron y sus brazos y piernas se estiraron. Pronto se convirtieron en hombres de aspecto más joven y hermoso que antes.

Mientras las criadas de Circe preparaban su alcoba, Ulises regresó al barco para contarles a Euríloco y a sus hombres lo sucedido. No podían creer lo que estaban oyendo y querían zarpar lo más rápidamente posible, pero Ulises les dijo:

—He dado mi palabra a una diosas y no puedo romperla.

Cuando llegaron al palacio, Circe les dio la bienvenida con estas palabras:

—Dejad vuestros temores de lado. Ahora podéis comer, beber y ser felices.

Los hombres de Ulises dedicaron un año entero a las diversiones, mientras Ulises pasaba el tiempo en amorosa compañía de Circe, que le dio un hijo, Telégono.

Sin embargo, al final sintieron añoranza de su tierra y Ulises le pidió a Circe que les ayudara a regresar a Ítaca.

—Has ofendido al más poderoso de los dioses —le respondió Circe—, y no puedo hacer nada por ti. Si quieres regresar a casa, tienes que pedir consejo al más sabio de todos, al adivino ciego Tiresias.

—Pero Tiresias está muerto —dijo Ulises.

—Sí. Tendrás que penetrar en el mismísimo Hades para hablar con él. El viaje merece la pena, pues mientras los demás muertos son meras sombras que revolotean, Tiresias mantiene toda su sabiduría. Él es el único que puede decirte qué futuro te espera.

—¿Quién me guiará en este viaje? —preguntó Ulises—. Ningún marinero ha realizado el negro viaje a la casa de la muerte.

—No te preocupes —respondió la diosa—. Sólo tienes que desplegar tus blancas velas y el viento del norte te llevará. Cuando hayas atravesado el río de Océano, habrás llegado a las costas de Hades, con sus abundantes y estériles árboles. Allí deberás atracar tu nave e ir andando hacia la tierra de la muerte. Cuando llegues a una roca en la confluencia de dos ríos, cava un hoyo y llénalo con leche y miel; luego añade vino dulce y agua, y esparce blanca harina por encima. A continuación, con oraciones sinceras, debes prometer que a tu regreso a Ítaca harás sacrificios a los muertos y, en especial, a Tiresias.

A continuación, añadió:

—Cogerás un carnero y una oveja y los sacrificarás. Los numerosos muertos acudirán al olor de la sangre, pero debes mantenerlos alejados con tu espada hasta que llegue Tiresias. Él responderá a todas tus preguntas.

Ulises reunió a sus hombres y regresó al barco. Pero uno de ellos no se fue con él. El joven Elpenor había bebido demasiado vino y se había quedado dormido en la azotea del palacio. Al oír el tumulto que hacían sus compañeros, se levantó, perdió pie, cayó al vacío y se rompió el cuello.

Entretanto, Ulises habló a sus hombres:

—Seguro que pensáis que nos vamos a casa. Pero no es así. Nos dirigimos a Hades, porque la diosa me ha dicho que tengo que pedir consejo a Tiresias, el adivino ciego.

Y los hombres se hicieron a la mar una vez más.

El viaje a Hades

Ulises y su tripulación no tuvieron que remar, ya que la brisa enviada por Circe hinchaba las velas y empujaba la nave a través de las oscuras aguas hacia la terrible tierra de la muerte, tal como ella les había explicado.

Cuando llegaron allí, Ulises abrió un hoyo y derramó leche y miel, vino dulce y agua para los muertos, y les prometió un sacrificio cuando estuviera de regreso a Ítaca. Después de numerosas oraciones e invocaciones, sacrificó un carnero y una oveja, y su negra sangre llenó el hoyo.

Entonces las almas de los muertos empezaron a acudir al lugar del sacrificio, atraídas por la energía vital de la sangre todavía caliente. Fantasmas de ancianos, muchachas jóvenes, héroes de batallas y campesinos se reunían junto al hoyo con un clamor sobrenatural.

Al frente de todos ellos iba Elpenor.

Ulises se echó a llorar al verle en la tierra de las tinieblas.

—Hemos navegado a toda velocidad, pero has llegado antes que nosotros —le dijo.

Ulises no dejó que ninguna de las almas se acercara a la sangre hasta que llegara el ciego Tiresias, inclinado sobre su cetro de oro.

—Apártate y déjame beber —dijo Tiresias—. Después te revelaré tu futuro.

Ulises envainó su espada y Tiresias bebió la humeante sangre. Luego habló.

—Príncipe Ulises, has venido de la luz del sol a la tierra de las tinieblas para averiguar cuál es tu destino. Te lo voy a revelar.

—Quieres regresar a casa sano y salvo, pero no será nada fácil, ya que has ofendido a Poseidón, el dios que sacude la tierra. Primero, tu astucia derribó las murallas de Troya, levantadas por el mismo Poseidón. Luego cegaste a su hijo, el cíclope Polifemo. No pretendas escapar totalmente de la ira de los dioses. Si vas con cuidado, quizás tú y tus hombres llegaréis a la tierra patria sanos y salvos.

»Pero ve con cuidado. Si vuelves a desatar la furia de los dioses, deberás enfrentarte a la muerte y a las desgracias. En el caso de que logres regresar a tu casa, lo harás tarde y solo. Y confía en que no sea demasiado tarde. A tu palacio están llegando de distintos lugares numerosos pretendientes que cortejan a tu esposa Penélope con dulces palabras y valiosos regalos. Tu hijo Telémaco es todavía un niño y no puede protegerla.

Ulises respondió:

—Haré caso de tus palabras. Sea lo que sea lo que suceda, no perderé la esperanza. Cuando aún era un niño, mi hijo Telémaco cayó del bote de un pescador a las saladas aguas del mar, pero se salvó. Un delfín lo llevó sobre su lomo hasta tierra firme; por ello en el sello de mi anillo hay un delfín que salta. De igual modo, los dioses que rigen mi destino me llevarán finalmente a mi casa.

Dicho esto, Ulises permitió que las almas de los difuntos, una a una, bebieran la sangre de su sacrificio. Y a medida que lo hacían, parecían recuperar sustancia y recordar quiénes eran.

A Ulises le sorprendió ver entre ellas a su madre, Anticlea.

—¡Madre! —exclamó—. Dime: ¿qué te ha traído a estas tierras tenebrosas?

—Mi preocupación por ti fue la causa de mi muerte, hijo mío —respondió la madre.

Ulises se acercó a ella para consolarla. Tres veces intentó abrazarla, pero era como si estrechara niebla entre sus brazos.

Luego se le acercó el fantasma de Agamenón, el que había dirigido el ejército contra Troya, y Ulises le preguntó:

—¿Tú también despertaste la ira de Poseidón en tu viaje de regreso a casa?

—No —respondió Agamenón—. Llegué a mi hogar sano y salvo, anhelando ver a mi esposa, Clitemnestra. Pero ella y su amante me mataron a hachazos cuando salía del baño. ¡Que los dioses te libren de semejante recibimiento, amigo mío!

Ulises fue preguntando a todas las almas que se le acercaban y éstas le contaban su historia. Algunas todavía sentían envidia y rencores. Otras recordaban los buenos tiempos y las tiernas palabras. Pero ninguna habló del futuro; sólo Tiresias, el adivino ciego.

El canto de las sirenas

Desde Hades, Ulises regresó a Eea para darle las gracias a Circe y enterrar el cuerpo de Elpenor, tal como le había pedido su alma.

–Bienvenidos seáis, valerosos hombres. Habéis visto la muerte cara a cara y habéis sobrevivido. Mientras que a la mayoría de los hombres les basta con encontrarse con la muerte una sola vez en la vida, vosotros lo haréis dos veces. Pero ahora olvidaos del tenebroso Hades. Comed y bebed, y por la mañana zarparéis en vuestro barco.

Ulises y sus compañeros estaban contentos de hallarse nuevamente en el mundo de la luz y la alegría, y pasaron el resto día celebrando su regreso. Al día siguiente, Circe se despidió de ellos tras darle algunos consejos a Ulises.

–No te detengas en la isla de las sirenas, ya que hechizan a los marineros con sus hermosos cantos; si os acercáis a ellas, sucumbiréis a sus encantos, y será vuestro final. Desde el mar, parecen hermosas doncellas, pero cuando han conseguido atraerte a tierra firme, se convierten en horribles aves de rapiña. Su isla está cubierta con los huesos de los hombres que han atraído y devorado.

—Cuando hayas logrado dejar atrás la isla de las sirenas, tendrás que hacer frente a otros peligros. Deberás escoger entre dos caminos. En uno de ellos hay unas rocas altísimas, las Rocas Errantes, llamadas así porque no están fijas y chocan entre sí, con lo que destrozan los barcos que pasan por allí. Sólo Jasón y los argonautas lograron salir sanos y salvos con la ayuda de la diosa Hera.

»La otra ruta se encuentra entre dos promontorios tan altos que no puede verse el cielo. A media altura hay una oscura gruta, en la que habita la monstruosa Escila. Sus aullidos no os darán miedo, ya que son parecidos a los de un tierno cachorro, pero si la veis, nunca la olvidaréis. Tiene doce patas deformes y seis largos cuellos, cada uno de ellos terminado en una espantosa cabeza con tres filas de diabólicas dientes. Escila pesca desde su caverna en las aguas rugientes situadas al pie de los escollos, intentando apresar delfines, perros marinos y otros monstruos marinos. Con sus cabezas atrapa y engulle a los hombres que están en la cubierta de los barcos que pasan por allí.

»El peñasco del otro lado es más bajo y en él crece una higuera. No os debéis poner bajo su follaje, ya que allí se esconde Caribdis. Tres veces al día sorbe las negras aguas y tres veces las suelta formando un horrible chorro. Si os absorbe, estáis perdidos.

Es mejor que te acerques a la roca de Escila y pierdas a seis hombres que muráis todos en las fauces de Caribdis.

—¿No podríamos escapar de estos monstruos? —preguntó Ulises.

—No seas loco —le contestó Circe—. Son criaturas inmortales que están fuera del alcance de tu fuerza y de tu entendimiento.

Ulises se hizo a la mar una vez más, preocupado por cómo hacer frente a las dificultades que le aguardaban.

Cuando se aproximaban a la isla de las sirenas, les contó a sus hombres los peligros que se les venían encima.

—Tenemos que evitar el canto de las sirenas o estaremos perdidos —les dijo—. Nos vamos a taponar los oídos con cera para que no podamos oírlas.

Pero Ulises no podía pasar de largo la fabulosa isla sin oír unos cantos tan hermosos que podían llevar a los hombres a la muerte. Obedeciendo los consejos de Circe, ordenó a sus hombres que lo ataran al mástil y les hizo prometer que no lo desatarían aunque se lo ordenase.

Cuando estuvieron cerca de la isla, el viento cesó y todo quedó en calma. Y en medio de esta tranquilidad sonaron las dulces notas de la canción de las sirenas, un canto de bienvenida, de deseo, de promesas y delicias. Escucharlo era tanto un disfrute como un tormento. Ulises rogó y suplicó a su tripulación que lo soltaran para poder dirigirse al lugar de donde procedía la canción, pero no lo hicieron y lo ataron aún más fuerte al mástil.

Una vez hubieron dejado atrás la isla de las sirenas, Ulises decidió tomar el camino entre Escila y Caribdis, aunque sabía que ningún dios favorable les ayudaría a pasar velozmente por entre las temibles rocas Errantes. Pronto oyó el estruendo de las aguas y divisó el vapor del oleaje.

Era algo aterrador. El fragor del mar bajo la cueva de Escila y el sordo sonido que emitía Caribdis al absorber y vomitar las aguas acabaron con el coraje de los remeros, que soltaron los remos.

Ulises les animó:

—¡Sed valientes, camaradas! Esto no es peor que la cueva del cíclope. ¡Remad! ¡Remad para salvar vuestras vidas!

Cuando Caribdis sorbía y vomitaba el agua salada, el mar formaba espantosos re-
molinos que podían engullir cualquier barco que se hallara en el lugar. La única solu-
ción era arrimarse a los peñascos.

De repente, salieron de arriba las seis espantosas cabezas de Escila, que atraparon en
sus fauces a seis de los mejores y más valientes hombres de su tripulación. Nada pudo
hacer Ulises frente al monstruo que se llevaba a sus compañeros hacia lo alto, mientras
éstos lo llamaban por su nombre con el corazón acongojado.

Al alejarse la nave del lugar, Ulises y los hombres de la tripulación que habían sobrevivido pudieron oír, por encima del rumor de las aguas, a Escila que devoraba su ho-
rroroso banquete.

Después de la horrible escena protagonizada por Escila, que devoró a seis de sus hombres, Ulises arribó a la isla de Sicilia y ancló su nave en una hermosa bahía.

En esta isla habitaban los rebaños del dios del sol, Hiperión: siete manadas de vacas y siete de ovejas. Las cabezas de ganado sumaban en total cincuenta; nunca moría o nacía un animal.

–No debemos tocar estos animales, no sea que vayamos a sufrir algún mal –dijo Ulises.

Sus hombres estuvieron de acuerdo. Pero un fuerte viento del sur los mantuvo atrapados en la isla durante todo un mes, transcurrido el cual las provisiones se habían agotado. Ulises estaba enojado y preocupado; rogó a Zeus que le indicara el camino de regreso y éste le otorgó el sueño reparador que proporciona nuevas fuerzas y nuevas ideas.

Mientras Ulises dormía, sus hombres se despertaron con el hambre royendo los estómagos. Finalmente, Euríloco dijo a sus compañeros:

—El hambre es la peor de las muertes. Cuando estemos de regreso a Ítaca, podemos ofrecer sacrificios a Hiperión para ganarnos su perdón.

Así que los hombres apresaron las reses de cuernos retorcidos del dios sol y las mataron.

Cuando Ulises se despertó y le llegó el olor de la carne asada, le entraron ganas de echarse a llorar. Sabía que aquellos que ofendieran al dios sol tendrían un final terrible, como le había predicho Tiresias.

Hiperión se hallaba en aquel momento ante Zeus pidiendo justicia.

—Los hombres de Ulises han matado las vacas que tanto gozo me daban. Cada día, cuando subía al cielo, dirigía mi mirada hacia ellas lleno de orgullo y satisfacción. Ahora están muertas. Si no me pagan con sus vidas, me hundiré en el Hades y brillaré entre los muertos.

Cuando el viento estuvo en calma y los hombres pudieron izar las blancas velas y hacerse a la mar, su destino ya estaba sellado. Zeus levantó una violenta y negra tormenta y lanzó un rayo contra la nave.

La embarcación se hizo añicos, y Euríloco y los demás hombres se ahogaron. Ulises fue el único que sobrevivió, ya que pudo agarrarse a unos restos de la nave. Durante nueve días estuvo a merced de las aguas saladas, hasta que finalmente llegó a la isla de Ogigia, donde habitaba Calipso, una diosa con muchos y extraños poderes.

Al igual que Circe, Calipso se enamoró de Ulises, el hombre que tan lejos había viajado por esos mundos y que tantas veces había dado muestras de coraje e ingenuidad.

—Mereces ser un dios. Cásate conmigo y te haré inmortal —le dijo.

Pero Ulises no quería casarse con ella, porque sentía en su corazón que debía regresar a Ítaca junto a Penélope y Telémaco.

¿Pero cómo hacerlo? No tenía barco ni tripulación. Además, Calipso lo tenía tan atrapado con sus sortilegios que no podía abandonar la isla. Ulises pasó siete largos y solitarios años sentado en unos peñascos, observando el mar y llorando su suerte.

Durante todo este tiempo, Poseidón, el que agita la tierra, mantuvo a Ulises en el punto de mira de su terrible cólera.

En Ítaca, Penélope lloraba por la ausencia de su querido esposo. Numerosos pretendientes acudían de todas partes al palacio de Ulises con la esperanza de obtener la mano de la mujer.

—Seguro que Ulises ha muerto —le decían mientras, sentados a su mesa, comían sus manjares y bebían su vino. Luego se divertían hasta altas horas de la noche con música y baile.

Telémaco, el hijo de Ulises, era ya un hombre joven, guapo y fuerte. Pero nada podía hacer frente a la arrogancia de los pretendientes. Y la única posibilidad de Penélope era ganar tiempo.

—Elegiré a uno de vosotros —les dijo— cuando termine de tejer este tapiz, que representa las grandes hazañas de mi esposo Ulises contra los troyanos. Se lo debo a su memoria.

Cada día trabajaba durante horas en el tapiz, pero por las noches, mientras los pretendientes borrachos estaban de juerga y cantaban, ella deshacía el trabajo que había realizado, de forma que el tapiz nunca se terminaba.

Entretanto sucedió que Poseidón tuvo que ausentarse del Monte Olimpo para ir a Etiopía a recibir un gran sacrificio de toros y carneros. Los demás dioses estaban reunidos en el palacio de Zeus, y Atenea, la más sabia de todos ellos, les habló:

—Es cierto, que, con frecuencia, los insensatos mortales se crean sus propios males y luego culpan a los dioses de sus desgracias. Pero mi corazón sufre por Ulises, ya que ha permanecido mucho tiempo alejado de su hogar y de su familia. Y ahora está prisionero de Calipso, la hija de Atlas, que conoce las profundidades marinas y sostiene las grandes columnas que separan el cielo y la tierra. Dime, Zeus, ¿por qué no te apiadas de él?

—No es culpa mía sino de Poseidón, que no puede perdonarle el haber cegado a su hijo Polifemo.

—Ahora que Poseidón no está aquí, veamos si podemos hacer algo para ayudar a este pobre hombre. Enviemos al brillante Hermes, nuestro mensajero, para que le diga a Ca-

lipso que hemos decidido que regrese. Entretanto, yo iré a Ítaca para levantarle el ánimo al joven Telémaco, el hijo de Ulises, que ha tenido que soportar muchos insultos de los pretendientes de su madre.

Dicho esto, Atenea ató a sus pies sus sandalias doradas que la llevaron como el viento por tierras y mares hasta Ítaca, donde tomó la forma de Mentes, un viejo amigo de Ulises.

Cuando llegó al palacio de Ulises, encontró a los pretendientes holgazaneando en el patio, jugando a dados, bebiendo vino y mofándose de Telémaco. Éste estaba pálido y acongojado, pero cuando vio a Mentes se levantó y le invitó cortésmente a sentarse.

—¿Qué noticias tienes de tu padre, el noble Ulises? —le preguntó el forastero.

—No sé nada —respondió Telémaco—. Sus huesos deben de estar descomponiéndose bajo el sol en alguna isla lejana o pudriéndose en el fondo del mar. ¿Crees que si estos groseros pretendientes pensaran que existe alguna posibilidad de que Ulises regrese estarían deambulando por aquí? No, saldrían corriendo tan deprisa como les permitieran sus piernas

—Si un gran hombre como Ulises hubiera muerto, todo el mundo lo sabría. Diles a los pretendientes que aquí no se les quiere, pero que si deciden quedarse, tendrán que atenerse a las consecuencias. Luego ven conmigo y zarparemos juntos en busca de nuevas de su padre.

Telémaco hizo lo que indicó Mentes, y, al día siguiente, partieron hacia Esparta para que el rey Menelao les diera noticias de Ulises. Y Atenea, disfrazada de Mentes, permaneció todo el tiempo al lado del joven Telémaco, con lo que fortaleció su decisión de encontrar a su padre y desafiar a los pretendientes de su madre.

Entretanto, Zeus envió a su mensajero Hermes a la isla de Calipso.

Hermes tomó la varita dorada con la que adormece y despierta a los hombres, y se ató a los pies las sandalias de oro, que lo transportaron, al igual que Atenea, a través de los mares y los cielos. Se posó en la cresta de las olas, que lo llevaron en su salada espuma.

Encontró a Calipso en su cueva, estaba cantando con voz melodiosa y tejiendo en su telar con una lanzadera de oro. Un fuego ardía en el hogar y las suaves brisas extendían por toda la isla el aroma de la leña de cedro y enebro. Junto a la entrada de la caverna crecía un bosquecillo de alisos, álamos y fragantes cipreses, todos ellos llenos de búhos, halcones y aves marinas; además, una parra repleta de racimos de uva daba sombra a la puerta de entrada. Prados llenos de flores descendían hasta el borde del mar. El mismo Hermes sintió una profunda emoción ante tanta belleza.

Calipso le dio la bienvenida y le ofreció néctar, al tiempo que le preguntaba:

—¿Qué te trae aquí?

—Vengo por orden del todopoderoso Zeus para que dejes marchar al desdichado Ulises. Su destino no es permanecer contigo. Tiene que construir una balsa y dirigirse a la tierra de los feacios; allí le darán una nave para que regrese a Ítaca, su patria.

—¡Oh, crueles dioses! —se lamentó Calipso—. Rescaté a este hombre del mar cuando Zeus destrozó su barco con un rayo. Le ofrecí ser inmortal, vivir conmigo y amarle en este palacio encantado. Y ahora tengo que dejarle partir. ¿Quién va a ser, entonces, mi compañero?

Sin embargo, Calipso debía obedecer las órdenes de Zeus. Se fue a buscar a Ulises, que, como siempre, estaba sentado en la playa mirando hacia el mar, en dirección a Ítaca.

—Los dioses inmortales se han apiadado de ti, Ulises —le dijo—. Tengo que dejarte marchar. Si lo deseas, puedes cortar algunos árboles y te daré herramientas para que construyas una balsa que te lleve a través del mar. Te daré comida, agua y vino. Pero no olvides las penas y desgracias que te esperan. Puedes elegir. Olvida a tu familia y quédate aquí a vivir conmigo para siempre.

—Tú sientes compasión por mí —respondió Ulises—, pero yo no te amo. Mi corazón ya está comprometido. Haré frente a cualquier penalidad si puedo regresar a Ítaca.

Ulises se puso rápidamente a construir su balsa. Derribó veinte árboles y los pulió con un hacha de bronce. A continuación, unió los troncos para formar la balsa, montó encima una toldilla, levantó un mástil, colocó un timón y puso a todo alrededor una protección de mimbre trenzado.

Al cuarto día, la balsa estaba lista. Al amanecer del quinto día, Calipso salió a despedirle, le dio provisiones para el viaje y le mandó una suave brisa para que le llevara por la ruta adecuada. Se quedó allí, observando cómo la balsa de Ulises se alejaba hasta perderse en la distancia. De vez en cuando, la brisa le traía fragmentos de la canción entonada por el contento Ulises, y ella los guardaba en su triste corazón para poderlos recordar durante los tristes años de soledad que le aguardaban.

Pero Calipso no fue la única divinidad que oyó cantar a Ulises. Poseidón, el que sacude la tierra, también escuchó la alegre voz en su viaje de regreso de Etiopía.

–¿Quién se ha atrevido a permitir su regreso? ¡Este hombre aún no ha pagado todo el mal que me ha hecho! –rugió Poseidón, mientras formaba una furiosa tempestad que levantaba gigantescas olas.

Ulises se agarró a la balsa, que era azotada por los feroces vientos y arrastrada por el embravecido oleaje. Pero alguien se apiadó de él. Ino, que había sido una mujer mortal pero que ahora habitaba en el fondo del mar, emergió de entre las olas como una gaviota y se posó en la balsa.

–¡Desgraciado! –le dijo–. La ira de Poseidón te destruirá si intentas enfrentarte a él. Tienes que quitarte esos vestidos, abandonar la balsa y lanzarte al mar. Puedes llegar nadando desde aquí hasta la tierra de los feacios. Toma este velo que te protegerá de morir ahogado. Pero en cuanto llegues a tierra firme, arrójalo enseguida al mar para que vuelva a mí.

Ulises cogió el velo y se lanzó al agua, agarrándose a un solo madero.

Durante dos días y dos noches estuvo a la deriva entre las olas, hasta que, agotado y al límite de sus fuerzas, llegó a la rocosa costa de la tierra de los feacios. Las rocas desgarraban la piel de sus manos cuando intentaba agarrarse a ellas. Con las pocas fuerzas que le quedaban, lanzó al mar el precioso velo de Ino y enseguida fue transportado por una ola hasta la playa. Allí se quedó tirado como un muñeco roto, mientras de su boca y de su nariz salía abundante agua salada. Magullado y exhausto, Atenea selló sus ojos con un profundo sueño.

Entretanto, la diosa fue al palacio del rey Alcínoo y se dirigió al dormitorio de su hija, Nausícaa, una hermosa muchacha llena de juventud y belleza. Atenea le hizo soñar que pronto se casaría y que tenía que ir en un carro hasta el lavadero situado cerca del mar a lavar sus finas ropas para prepararse para la ceremonia.

Así pues, al día siguiente, Nausícaa y sus sirvientas se dirigieron al el lavadero con un cesto lleno de comida y vino, y un frasco de suave aceite de oliva para untarse la piel después del baño, ya que pensaban pasar un día de fiesta.

Las muchachas lavaron las ropas y las pusieron a secar al sol junto a la orilla del mar. A continuación se bañaron y se untaron con el aceite de oliva y se pusieron a jugar con una pelota que se lanzaban las unas a las otras al ritmo de los cantos de Nausícaa.

Pero una de las chicas tiró la pelota demasiado fuerte, que fue a parar al mar, donde formó un remolino. Todas ellas gritaron.

Ésta era la señal de Atenea para que Ulises se despertara. Éste salió de entre los matorrales que lo habían cobijado mientras cubría su desnudez sólo con una rama frondosa. A las muchachas les pareció una criatura salvaje y salieron huyendo, excepto Nausícaa, a quien Atenea había infundido coraje en el alma.

Ulises dijo:

—Hermosa señora, si eres una mujer y no una diosa, ten piedad de mí y dime dónde me encuentro.

—Estás en el país de los feacios, y yo soy Nausícaa, la hija del rey Alcínoo. Sé bienvenido, forastero, pues aunque tu aspecto es tosco, tus palabras son amables. Báñate, vístete y ven conmigo al palacio de mi padre; él te acogerá como es debido a un huésped guiado por el mismo Zeus.

Alcínoo recibió al náufrago con gran amabilidad y pudo darse cuenta de que no se trataba de un hombre corriente, pues Atenea ponía tal resplandor a su alrededor que parecía uno de los inmortales.

—Dime qué puedo hacer por ti —le preguntó el rey.

—Dame una nave para poder regresar a mi patria —respondió Ulises.

—Así se hará —dijo Alcínoo—. Pero primero tienes que recuperarte de tus penalidades. Ahora vete y descansa; mañana prepararé una nave para que te lleve donde quieras y en tu honor celebraré un gran banquete y varios juegos con jóvenes feacios para mostrarte cómo somos.

Al día siguiente, Ulises, que todavía no le había dicho a Alcínoo quién era, ocupó el puesto de honor en el festín. Cuando todos hubieron comido y bebido hasta la saciedad, Demódoco, el bardo ciego, tomó su lira e, inspirado por la diosa, recitó la historia de la pelea entre Ulises y Aquiles ante las murallas de Troya. Ulises se tapó la cara con el manto para que nadie pudiera ver las lágrimas que caían por sus mejillas.

A continuación, Alcínoo anunció el inicio de los juegos. Los jóvenes feacios compitieron en carreras, lucha, saltos y lanzamiento de disco, todos ellos deseosos de impresionar al noble forastero con su fuerza y habilidad.

El ganador fue el joven Euríalo, que se acercó a Ulises y le dijo:

—Ahora te toca a ti, forastero. Nadie puede llamarse hombre si no sobresale en algún deporte.

—Hoy no me siento con ánimo. Sólo deseo volver a mi tierra —respondió Ulises.

Euríalo se burló de él diciendo:

—Hablas como un mercader tacaño que sólo sabe controlar las mercancías que entran y salen de su almacén, y no como un hombre valiente.

Ulises le respondió:

—Los dioses no han otorgado todos sus dones a un solo hombre. Tienes el cuerpo de un joven héroe, pero tu cabeza está vacía. Yo también fui joven y fuerte, pero he sufrido mucho debido al rencor de los dioses. Sin embargo, acepto tu reto en cualquier deporte, incluso en carreras, pese a que he sido muy vapuleado por las olas.

Euríalo cogió un disco y lo lanzó tan lejos como pudo.

—A ver si me ganas —dijo.

Ulises se levantó y tomó un disco. Al echar hacia atrás su túnica, la multitud pudo observar la fuerte musculatura de su brazo. Al lanzar el disco, éste voló por los aires mucho más lejos que el de Euríalo.

—Me parece que ya no tengo la fuerza de antes —dijo Ulises, y todos se echaron a reír, excepto Euríalo.

El rey Alcínoo pidió que se iniciara el baile y todos olvidaron el incidente.

Cuando finalizó la danza, Ulises le pidió al bardo Demódoco que volviera a cantar, y éste relató de nuevo las hazañas de Ulises y Menelao en Troya.

Y las lágrimas volvieron a brotar de los ojos de Ulises. Cuando hubo terminado la canción, dijo:

—Alcínoo, me has honrado con tu hospitalidad y me has hecho muchos regalos, pero no me has preguntado mi nombre. Así que voy a decírtelo. Soy Ulises, hijo de Laertes, príncipe de Ítaca. Desde la caída de Troya, he vagado por los mares, azotado por el destino y los dioses, pasando de un horror a otro. Pero ahora, con tu ayuda, espero llegar finalmente a mi patria.

—Tu nave está lista —respondió Alcínoo—. No temas naufragar. Los feacios no utilizamos timones, ya que nuestros barcos conocen nuestros pensamientos y surcan los mares tranquila y suavemente. Tu largo viaje está tocando a su fin.

Regreso a Ítaca

La nave feacia llevó a Ulises velozmente y sin más percances a Ítaca. Cuando atracó, estaba sumido en un profundo sueño provocado por la diosa Atenea, y los marineros no pudieron despertarle. Así pues, le llevaron a tierra firme, todavía envuelto en su manta y, con cuidado, lo depositaron en el suelo junto a los regalos entregados por el rey Alcínoo.

Pero Poseidón no estaba contento con la generosidad de los feacios, y, para darle una lección a su rey Alcínoo, aguardó el regreso de la nave a su puerto de origen para convertirla en piedra, de forma que se hundió hasta el fondo del mar con toda su tripulación. Nadie puede desafiar a los dioses.

Mientras, Ulises se despertaba lentamente del hechizo. A su alrededor sólo había una densa niebla.

–¿Dónde estoy? –gruñó–. ¿Acaso los feacios me han traicionado?

Atenea, de ojos relucientes, salió de la bruma con la apariencia de un simple pastor.

—Preguntas dónde estás —le dijo—. Es una isla de gran fama llamada Ítaca.

Ulises podría haber gritado de alegría, pero con cautela comentó como si no le importara:

—He oído hablar de este lugar.

La diosa tomó de nuevo su propia forma, una mujer alta y majestuosa y con una belleza que brillaba desde su interior. Se rió.

—Intentas ocultar tu identidad. Aunque eres muy listo, no puedes engañarme ya que estás hablando con una diosa. No puedes ocultarme nada.

—Si es Ítaca, te ruego me lo demuestres —le contestó Ulises.

Entonces, Atenea disipó la niebla y Ulises cayó de rodillas y besó el suelo de su patria. Por fin había vuelto a casa.

La diosa le contó la promesa de Penélope y cómo era perseguida y acosada por numerosos pretendientes.

—Iré a Esparta a buscar a tu hijo Telémaco y te lo traeré a casa. En la corte del rey Menelao se ha ganado gran respeto, ha madurado y se ha convertido en un apuesto joven. Mientras tanto, debes ir a la cabaña del anciano porquero Eumeo. Ha sido leal a Penélope y Telémaco, y nos ayudará en nuestros planes. Pero antes me aseguraré de que nadie pueda reconocerte.

Y diciendo esto, tocó a Ulises con su vara. El pelo se le volvió gris, la piel arrugada por la edad, sus ojos perdieron brillo y se le encorvó la espalda, al tiempo que las ropas adquirían un aspecto sucio y andrajoso. Atenea le dio un bastón y un zurrón de mendigo. Parecía de verdad un viejo vagabundo. Y con este aspecto se encaminó a la cabaña de Eumeo. Los perros del porquero se abalanzaron sobre él, mientras ladraban echando babas. Casi le tiran al suelo, pero se detuvieron a las órdenes de su dueño.

—Bienvenido seas, forastero —dijo Eumeo—. Si puedo ofrecerte algo de comer o ayudarte en algo, lo haré encantado, con la esperanza de que alguna otra persona haga lo mismo con mi noble señor, Ulises, si se encuentra viajando sin dinero ni amigos por tierras extrañas. ¡Oh, cuánto desearía que volviera a casa!

—Amigo —respondió Ulises—, espero que los dioses te compensen por tu amabilidad y escuchen tus deseos.

Los dos ancianos se sentaron cerca del hogar del porquero y se pusieron a comer, hablar y dormir, como hacen los de su edad.

La diosa Atenea dejó a Ulises durmiendo y se dirigió sin más tardanza a Esparta, al dormitorio de Telémaco, que también dormía. Lo encontró agitándose en pleno sueño, atormentado por una pesadilla sobre la suerte de su padre y de su madre.

Los ojos de la diosa resplandecieron de simpatía y le dijo:

—Es hora de dejar al rey Menelao y de regresar a Ítaca. No pierdas ni un minuto más y, en cuanto llegues, dirígete a la cabaña de Eumeo, el anciano porquero.

Telémaco se levantó. A la salida del sol, los caballos ya estaban enganchados al carro. Tuvo el tiempo justo para despedirse de su anfitrión antes de dirigirse a su barco.

Se situó en la proa, ansioso de que la nave surcara las olas a toda velocidad y así poder llegar a casa cuanto antes.

Mientras, Ulises pasó el día con Eumeo, al que le preguntó sobre los acontecimientos de la isla. El porquero se lo contó todo, sin sospechar en ningún momento cuál era la verdadera identidad del vagabundo.

Ulises ya sabía que su madre había fallecido, pues había hablado con su alma en Hades, la tierra de los muertos. Pero se enteró por boca del fiel porquero de la conducta grosera de los pretendientes y del viaje de Telémaco en busca de su padre.

Esa noche, los dos ancianos volvieron a dormir en la cabaña de Eumeo. En cuanto la luz volvió a brillar en el cielo, Ulises se despertó con el gemido de los perros. No ladraban como para ahuyentar a un extraño, sino que daban la bienvenida a un amigo largamente añorado.

Era un hombre joven y alto, de aspecto fuerte y saludable. Llevaba una lanza con la punta de bronce.

—Es un joven guerrero —dijo Ulises.

—¡Es Telémaco, que por fin regresa al hogar! —exclamó Eumeo, restregándose los legañosos ojos, al tiempo que abrazaba a su joven señor y lloraba de alegría.

Y así fue cómo Ulises vio por primera vez, convertido en hombre, al bebé que había dejado tiempo atrás.

Telémaco sintió cómo se posaban sobre él los ojos del vagabundo y le buscó la mirada, diciendo:

—Sé bienvenido, forastero. Es muy poco lo que puedo ofrecerte, pues no me atrevo ni a acercarme a mi propia casa por miedo a lo que leo en los ojos de los pretendientes de mi madre, la traición y la muerte.

Luego dirigiéndose a Eumeo, añadió:

—Viejo amigo, ve a decirle a mi madre que he regresado y averigua cuál es la situación antes de que vuelva al palacio de mi padre.

En cuanto el porquero hubo desaparecido, Atenea se acercó a la cabaña. Sólo podía ser vista por Ulises, pues los inmortales son visibles para los mortales únicamente cuando deciden serlo. Pero los perros debieron de notar su presencia, pues intentaban esconderse mientras lloriqueaban y temblaban de miedo.

La diosa hizo señas a Ulises para que saliera y luego le dijo:

—Ha llegado el momento de actuar.

Le tocó con su varita y le devolvió su apariencia normal, aunque con aspecto más fuerte, joven y apuesto que antes.

De vuelta a la cabaña, Telémaco, ya algo inquieto por el extraño comportamiento de los perros, le miró aterrorizado.

—¿Eres un dios? —preguntó.

—No soy ningún dios —contestó—. Soy Ulises, príncipe de Ítaca, que ha vuelto para reclamar lo que es suyo. Fue la diosa Atenea quien me disfrazó de anciano. De la misma forma que los dioses a veces se nos aparecen como viejos y otras como jóvenes, como hombre o como mujer, también nos pueden transformar a los mortales según sus deseos.

Padre e hijo se fundieron en un abrazo, mientras lloraban de alegría. Después del largo viaje de Ulises y la larga búsqueda de Telémaco, al fin se habían encontrado. Ahora podrían enfrentarse a los pretendientes.

—Juntos limpiaremos el palacio de esas sabandijas —dijo el padre.

—¿Pero cómo vamos a hacerlo? —preguntó su hijo—. Nosotros sólo somos dos y ellos más de cien, y están deseosos de luchar.

—Con Atenea y Zeus de nuestra parte, no necesitamos más aliados —respondió Ulises—. Telémaco, ve al palacio. Te seguiré vestido de anciano. Los pretendientes se reirán de mí e incluso me amenazarán. No muestres tu rabia. Pronto lamentarán su compor-

tamiento poco amable y sus crueles palabras. Cuando la diosa me lo indique, te haré una señal con la cabeza. Toma todas las armas de la sala y escóndelas arriba. Diles a los pretendientes que no quieres que el humo del hogar las ensucie y que además deseas evitar que cualquier pelea entre ellos acabe mal. Deja sólo dos espadas, dos lanzas y dos escudos. Serán para nosotros.

Un mendigo en la puerta

Cuando llegó al palacio, Telémaco fue recibido por su vieja niñera Euriclea y por su madre Penélope. Ambas se echaron a llorar de alegría al volverle a ver.

Los pretendientes se apiñaron a su alrededor, y, a pesar de darle la bienvenida de palabra, sus miradas delataban su odio y sus ganas de matarle.

Las cosas se hubieran puesto feas si Medonte, uno de los pocos criados que todavía le era fiel, no les hubiese llamado a la mesa para celebrar la llegada de Telémaco. Ningún pretendiente tuvo reparo alguno en disfrutar de otro festín a costa de Ulises.

Mientras estaban comiendo, Ulises llegó al palacio disfrazado de anciano mendigo. Junto a las puertas que daban al patio vio a un viejo perro abandonado, echado encima de una montaña de estiércol. Era Argo, su fiel perro de caza, que había estado esperando todos esos años a su amo. Ningún disfraz le habría impedido reconocer a su dueño. Demasiado débil y hambriento para moverse, agitó su roñosa cola. Había vivido más de lo que le tocaba con la esperanza de volverle a ver; ahora veía recompensada su fidelidad y podía morir en paz.

Al entrar en el palacio, Ulises tropezó con el umbral como si fuera un mísero anciano que no se sostiene en pie, vestido con ropas harapientas y apoyado en un bastón. Le inundaba la tristeza y tuvo que sentarse y recostarse en un pilar.

Atenea se le apareció para decirle:

—Acércate a los pretendientes y pídeles limosna uno a uno. Así verás si alguno de ellos merece la pena ser salvado.

Ulises se dirigió a un hombre tras otro con los brazos extendidos, mendigando con voz quejumbrosa.

Algunos le dieron de mala gana un mendrugo de pan, pero nadie le dirigió ni una palabra amable. Antínoo fue uno de los más mezquinos y el más cruel.

—Viejo, vete —soltó—. No vayas baboseando por la mesa. Por tu culpa, la comida me está sentando mal.

—Alguien como tú debería compadecerse por un desarrapado como yo —respondió Ulises—. Una vez fui rico y nunca rechacé a un mendigo que se acercara a mi puerta.

—Por eso ahora eres pobre —replicó Antínoo, y todos los pretendientes se echaron a reír.

Ulises sintió cómo crecía su rabia.

—Me regateas una pizca de sal y un mendrugo de pan, mientras estás ahí sentado comiendo los alimentos de otro.

Se dio la vuelta y se marchó. Antínoo, furioso porque un pobre mendigo había osado hablarle de esa forma, lanzó un taburete por los aires, que fue a dar un fuerte golpe a la espalda de Ulises, debajo del hombro derecho. Pero éste no se cayó. Sin tambalearse, resistió el impacto del duro golpe y siguió andando mientras sacudía la cabeza.

En eso, otro mendigo entró en la sala. Se llamaba Iro y, aunque era joven y fuerte, nunca había trabajado, ya que prefería mendigar para vivir. Al ver a Ulises, le gritó:

—Lárgate, viejo, o yo mismo te echaré. Aquí no hay sitio para ti.

—No te preocupes —respondió Ulises—. Estos hombres tienen suficiente para los dos, pues nadie se atreve a rechazar a un mendigo sabiendo que los dioses que les han dado salud y riquezas, también se las pueden quitar.

Pero Antínoo, ansioso por ver cómo pegaban y echaban al insolente mendigo, gritó:

—Dejad que luchen entre sí. El vencedor podrá comer hasta reventar.

Los pretendientes se levantaron de la mesa y rodearon a los dos mendigos. Sus burlas y mofas cesaron de repente cuando Ulises se despojó de sus andrajos y dejó al descubierto su musculoso cuerpo.

—Este viejo no es tan débil como parecía —murmuraron.

Iro, que pensaba que iba a tener una fácil victoria, se puso a temblar de miedo. Empezó a dar golpes a diestro y siniestro, alcanzando a Ulises en el hombro. Entonces, éste alzó su fornido brazo y golpeó el cuello de su contrincante con toda la fuerza de su puño. Cayó pesadamente al suelo y empezó a sangrar a borbotones por la boca. El vencedor cogió a Iro por la pierna y lo arrastró hasta que llegó a sacarlo de la habitación.

–Quédate aquí, entre los perros y los cerdos –dijo Ulises mientras dejaba a Iro en el patio de entrada.

Luego regresó a la fiesta. Los pretendientes se estuvieron divirtiendo hasta la caída de la noche, mientras Ulises atendía el fuego. Al fin se fueron a dormir y entonces le indicó a Telémaco que había llegado la hora de ir a buscar las armas. Y mientras su hijo cumplía sus órdenes, Ulises vigilaba junto al fuego.

En eso, Penélope entró en la sala para ver si el vagabundo tenía noticias de Ulises. Éste la confortó con palabras y le contó que había oído hablar de su vuelta a casa.

La dueña de la casa llamó a sus criadas y les pidió que lavaran las manos y los pies del mendigo, le buscaran un sitio para dormir y le trataran como a un huésped especial, pues había hablado con mucha amabilidad de su esposo.

Pero las sirvientas, que se habían vuelto unas holgazanas y que era más fácil verlas en algún rincón oscuro con los pretendientes que ayudando a Penélope, no hicieron caso

de sus órdenes. Sólo Euriclea, la anciana niñera que había cuidado a Ulises cuando era un bebé, fue de buen grado a buscar un recipiente de bronce, lo llenó de agua y lavó los cansados pies del mendigo.

Cuando le estaba limpiando una de las piernas, notó una vieja cicatriz encima de la rodilla, en el mismo lugar en que Ulises había sido herido por un jabalí. Supo de inmediato que se hallaba ante su señor. Éste le puso un dedo sobre sus labios para que no le delatara y Euriclea no soltó ni una palabra pese a que su corazón estaba a punto de estallar de alegría.

—Forastero —dijo Penélope—. Tengo una última pregunta. Anoche soñé que una enorme águila descendía de las montañas para matar a todos mis gansos. ¿Sabes qué significa?

—Por supuesto —respondió él—. El águila significa que Ulises va a regresar para vengarse de los pretendientes.

—Los sueños son de dos tipos —replicó Penélope—. Unos nos llegan a través de una puerta de marfil y son falsos; pero otros los envía Morfeo, el dios del sueño, a través de una puerta de cuerno y ésos sí son visiones verdaderas.

»Me gustaría que tu interpretación fuera verdadera —prosiguió Penélope—. Los pretendientes han descubierto el truco con el que les engañaba, y mi tapiz está terminado. Mañana debo escoger a uno de ellos. Como prueba, pondré doce hachas en fila. Ulises solía hacerlo, y luego disparaba una flecha que pasaba a través de los aros de las empuñaduras, una hazaña que ningún otro hombre pudo igualar. Si mañana alguno lo logra, me casaré con él.

Penélope pasó casi toda la noche llorando y temiendo la llegada de la mañana siguiente. Pero por fin Atenea le concedió la bendición del sueño.

Ulises se tumbó sobre un montón de lana junto a las brasas del hogar, que se estaba apagando. Mientras pensaba en los pretendientes, su corazón pedía venganza. Era como una bestia salvaje que aguarda su presa para destrozarla.

El día siguiente era festivo en honor a Apolo, el dios arquero que envía las flechas doradas del sol.

Penélope fue a la habitación donde Ulises había guardado sus tesoros más preciados y buscó su arco labrado y el carcaj lleno de mortíferas flechas.

Luego le pidió a Telémaco que clavara en el suelo las doce hachas con los aros de las empuñaduras hacia arriba.

Medonte, el mayordomo, reunió a los pretendientes y Telémaco les explicó que quien pudiera tensar el arco de Ulises y atravesar las doce anillas con una flecha, se casaría con su madre.

Antínoo soltó una carcajada.

—Es demasiado fácil. Incluso Leodes podría hacerlo —dijo señalando al más débil de los pretendientes.

Todos se burlaban de él mientras cogía el arco. Pero no logró tensarlo, como tampoco pudieron los demás a pesar de intentarlo con todas sus fuerzas. Finalmente, le tocó el turno a Antínoo, con el mismo resultado.

Luego Ulises se levantó y dijo:

—Dejad que lo intente yo. En mi juventud fui arquero y me gustaría ver si todavía me quedan fuerzas.

—¿Estás loco? —exclamó Antínoo—. ¿Crees que un vagabundo como tú puede triunfar donde príncipes como nosotros hemos fallado? Debes estar borracho.

Ulises cogió el arco. Lo acarició para ver si estaba dañado por alguna parte, pero estaba en perfecto estado. Luego tomó la cuerda y la ató con el mismo esfuerzo con que un gran músico reemplaza una cuerda de su lira. Bajo sus dedos sonó con un tono bajo, limpio y amenazador que hizo desaparecer el color de las mejillas de los pretendientes. A continuación, el trueno de Zeus cruzó el cielo y Ulises soltó una carcajada ante la

señal de favor del gran dios. Cogió una flecha y la lanzó certera y directamente a través de los aros. Luego disparó otra flecha que atravesó el cuello de Antínoo quien, tras lanzar un grito de dolor, cayó muerto sobre la mesa.

Al principio, los pretendientes pensaron que el vagabundo había disparado por error, pero luego vieron cómo Telémaco se ponía a su lado con una espada y una lanza en la mano. La voz de Ulises retumbó por toda la sala.

—¡Perros sarnosos! Creisteis que Ulises nunca iba a volver. Os habéis instalado en su palacio, habéis comido su comida y bebido su bebida, habéis perseguido a su mujer y corrompido a sus criadas. Pero he vuelto y estáis condenados.

Dicho esto, padre e hijo, con la ayuda de la diosa Atenea, que había contemplado la escena posada sobre una viga del techo con forma de golondrina, atacaron a los pretendientes y acabaron con todos ellos. El último fue el cobarde de Leodes, quien se agarró a las piernas de Ulises rogándole clemencia. Pero éste ya le había cortado la cabeza

antes de que pudiera acabar de pronunciar sus palabras. Sin embargo, salvó al bardo Femio, que había cantado para los pretendientes y no quería matar a alguien inspirado por los dioses.

En medio del silencio que siguió a la batalla, el mayordomo Medonte salió ileso de debajo de una silla, donde se había protegido del torbellino desatado por su señor.

A su alrededor yacían amontonados los cuerpos de los pretendientes como si se tratara de la plateada cosecha que los pescadores sacan de sus redes y esparcen sobre la arena blanca de la playa.

Ulises ordenó a Medonte que se llevara los cuerpos, que se limpiara la habitación y que se encendiera un nuevo fuego. Luego abrió la puerta de las estancias de las mujeres y llamó a Euriclea, que al ver los cuerpos de los pretendientes muertos estuvo a punto de gritar de alegría, pero su señor le dijo:

—No está bien regocijarse de la muerte de nadie, ni siquiera de la de tus enemigos. La vida y la muerte dependen de la voluntad de los dioses. Ve a anunciarle a mi esposa que he regresado y cuéntale lo que has visto.

Pero Penélope, que había estado escuchando con sus sirvientas los alaridos que llegaban de la sala, no podía creer que su salvador fuese Ulises.

—Ha debido de ser obra de algún dios —dijo—. Además, es imposible que no reconozca a mi propio esposo por muchos sufrimientos que haya soportado. Ulises está muerto.

—No —insistió la criada—. Es él. Cuando le lavé, noté la cicatriz de su pierna.

Entonces, la dueña del palacio decidió bajar a la sala.

Ulises aguardaba junto al gran hogar, apoyado contra un pilar. Pero Penélope no fue a abrazarle, sino que se sentó al otro lado del fuego y permaneció en silencio observando al viejo mendigo y sus ropas andrajosas. A veces, cuando el fuego le iluminaba la cara, tenía cierto parecido con Ulises, pero otras parecía un completo extraño.

—Debes de estar cansado —le dijo la mujer. Y dirigiéndose a Euriclea, le ordenó:

—Pide a las criadas que saquen el lecho de la habitación nupcial y que lo traigan.

—¿Qué dices? —gritó Ulises enfadado—. La cama no se puede mover. La construí yo mismo alrededor de un olivo y usé el tronco del árbol para edificarla. A menos que alguien haya cortado el tronco, la cama no se puede sacar del dormitorio.

Entonces fue cuando Penélope supo que de verdad que se trataba de Ulises, y corrió hacia sus brazos.

Afuera, resonaban las almas de los pretendientes mientras descendían hacia Hades.

La sabia Atenea devolvió a Ulises su apariencia normal y así la felicidad de su esposa fue completa.

Los dos se abrazaron a la luz de la lumbre. Por fin sus problemas habían terminado. El viajero había finalizado su largo periplo y estaba en paz con los dioses.

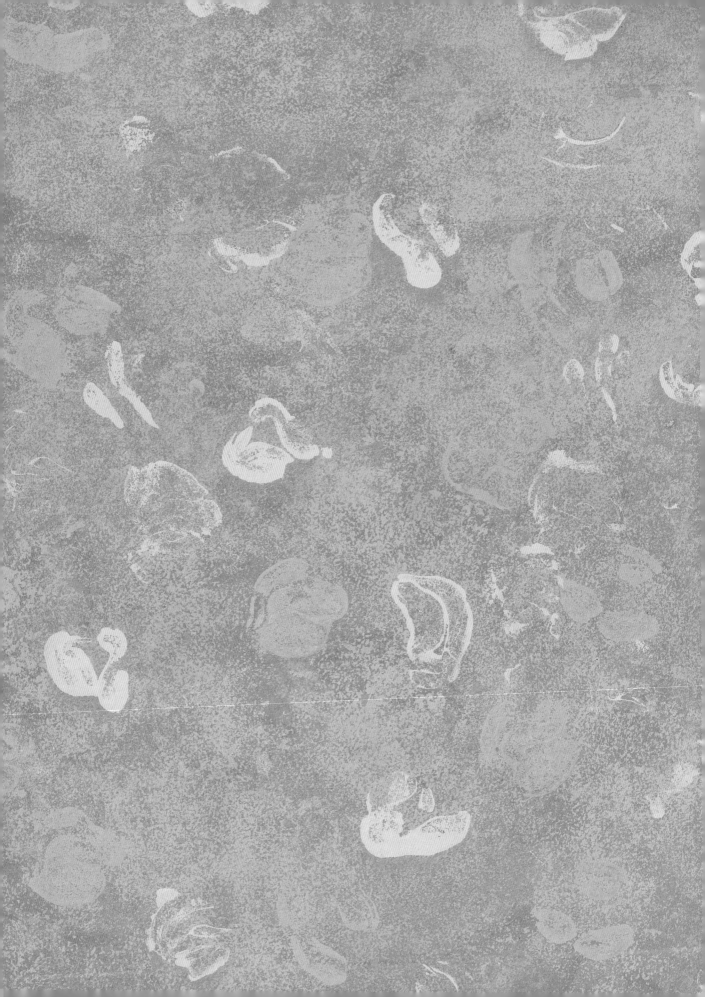